KB185234

옐언니
4

원작 옐언니

대한민국에서 '틱톡' 하면 절대 빼놓을 수 없는 대표적인 인물로 대중들에게 틱톡을 알린 주인공입니다. 2017년 어느 날, SNS 광고를 통해 우연히 틱톡을 알게 되었고, 호기심에 올린 영상들이 크게 인기를 끌면서 본격적으로 틱톡커 활동을 시작했습니다. 톡톡 튀는 상상력과 표현력으로 사람들에게 재능을 인정받으며 상위 틱톡커 자리를 굳건히 지키고 있지요. 더 재미있는 영상을 만들기 위해 오늘도 카메라 앞에 선 옐언니는 438만 구독자를 가진 유튜버로서도 끊임없이 레벨 업 하고 있습니다.

글 안도감

'그래서 그 악당은 대체 왜 그랬을까?'같이, 궁금하게 만드는 힘이 있는 이야기를 좋아합니다. 책을 읽는 어린이 친구들도 같은 궁금증을 나누며 함께 즐거워할 수 있기를 바랍니다.
지은 책으로는 『타키 포오 코믹 어드벤처』 시리즈가 있습니다.

그림 라임스튜디오

라임스튜디오는 『민쩌미의 쩜그레』, 『좀비고등학교 코믹스』, 『난 꼭 살아남을 거야!』, 『내일은 피겨퀸』, 『멋진 직업을 갖고 싶어!』, 『나 혼자 예뻐질 거야!』, 『예쁜 소녀 속담』, 『천하무적 수수께끼 왕』, 『깜찍이 과학 스쿨』 등을 그린, 오렌지처럼 상큼 달달한 꿈을 그리는 작가입니다.

감수 샌드박스네트워크

최근 각광받고 있는 MCN 업계의 선두 주자. '크리에이터들의 상상력으로 세상 모두를 즐겁게!'라는 비전을 가지고 크리에이터가 자신의 창의력과 능력을 마음껏 발휘하는 디지털 문화 생태계를 조성하고자 합니다. 대표 크리에이터로는 '도티', '옐언니', '빨간내복야코', '루퐁이네' 등이 있습니다.

원작 **옐언니** | 글 **안도감** | 그림 **라임스튜디오** | 감수 **샌드박스네트워크**

아울북

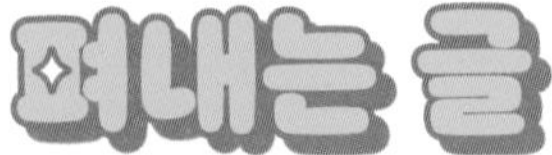

안녕하세요, 여러분! 옐언니입니따아앙! 아-핫!

옐린이 여러분과 함께한 지 어느덧 6년이라는 시간이 지났네요!
그만큼 여러분이 저를 사랑해 주었기 때문에 가능했던 일이겠죠?

옐언니의 코믹스 시리즈, 『옐언니』는 옐린이들의 사랑에 보답하기 위해 만들어진 책이에요!
댓글을 읽다 보면 옐언니의 영상을 보면서 힘든 일을 잊었다는 내용이 많더라고요. 그래서 '무엇이 옐린이들을 힘들게 할까', '옐린이들을 위해 옐언니가 무엇을 해 줄 수 있을까' 생각하고 또 생각해 봤어요. 그러다가 여러분이 가장 많은 시간을 보내는 학교가 떠올랐고, '학교에서 생기는 고민을 해결해 주고 싶다!'라는 결론에 이르렀답니다.

단짝 친구와의 다툼이나 가슴이 콩닥거리는 첫사랑 등 옐린이들이 학교생활을 하다 맞닥뜨릴 수 있는 문제를 콕콕 집어 소개하고, 서투르더라도 그 상황을 직접 헤쳐 나갈 수 있도록 해결 방법까지 준비했다는 사실!

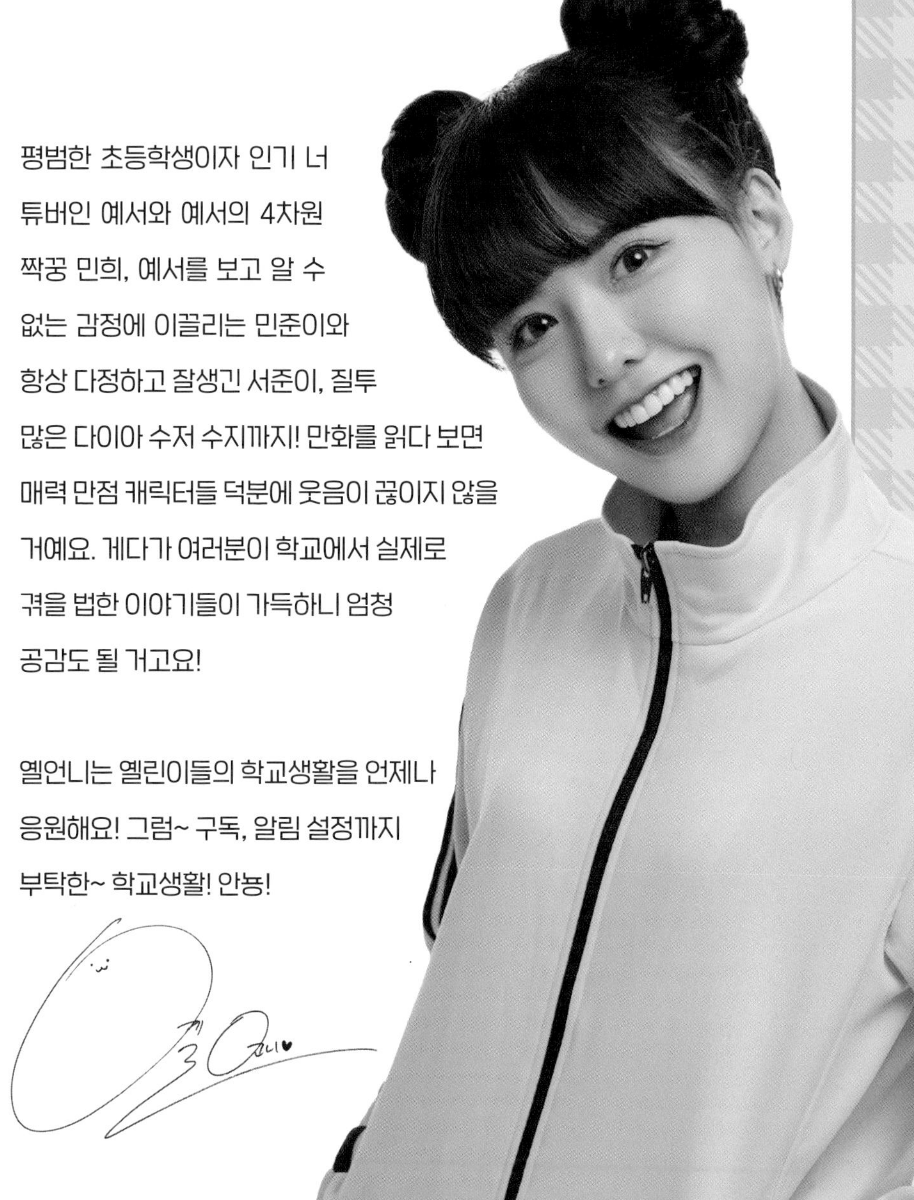

평범한 초등학생이자 인기 너튜버인 예서와 예서의 4차원 짝꿍 민희, 예서를 보고 알 수 없는 감정에 이끌리는 민준이와 항상 다정하고 잘생긴 서준이, 질투 많은 다이아 수저 수지까지! 만화를 읽다 보면 매력 만점 캐릭터들 덕분에 웃음이 끊이지 않을 거예요. 게다가 여러분이 학교에서 실제로 겪을 법한 이야기들이 가득하니 엄청 공감도 될 거고요!

옐언니는 옐린이들의 학교생활을 언제나 응원해요! 그럼~ 구독, 알림 설정까지 부탁한~ 학교생활! 안뇽!

등장인물 소개

옐언니

하이 텐션에 과몰입 유발
너튜버, 초등학생들에게
인기 절정인 인플루언서

최예서

옐린초에 전학 온 거침없는
인싸이자 옐언니의 본캐!

김민준

무뚝뚝하고 잠도
많지만 태권도엔
진심인 태권보이

김서준

잘생긴 외모에
매너까지 탑재한
옐린초 여심 저격수

이미나&이주나

수지 팬클럽인 쌍둥이 자매,
수다쟁이 미나와 먹보 주나

재민희

천방지축 깨발랄한
엉뚱 4차원 소녀

한수지

도도한 다이아 수저이자
옐린초 여신

예서네 가족

언제나 사랑과 파이팅이 넘치는 K-가족

차례

프롤로그

살랑살랑 가을맞이 옐언니 라이브

쏘
옥

스
윽

라이브 방송 시작
안녕하세요~. 가을맞이 라이브 방송, 옐언니입니다~.
샤라랑~
이렇게 늦은 시간에 차분한 분위기로 라이브 하는 건 처음이죠?

이번 라이브는 다가온 가을에 맞춰 콘셉트를 좀 바꿔 봤답니다.
언니, 코트 예뻐요!
선글라스 바뀌었다!
잔잔한 라방도 좋은데?
뭐야, 이 언니 분위기 여신이네.
옐언니 퍼스널 컬러가 가을인가!

벌써
가을이 왔어요!
여러분도 느끼고
있나요?
날씨도 바뀌고,
꺼내 입는 옷도
바뀌었죠~.
옐린이 여러분은
이 가을, 어떻게
지내고 있나요?
특별한 사람과
행복한 시간을
보내는 친구도 있고,
음악을 들으며
쉬기 좋은 날씨를
만끽하는 친구도
있겠죠?

독서의 계절이니까
책을 읽으면서 가을을
즐기는 친구도
있을 거예요.
우주에 관한
101가지 사실

LIVE
라방은 몰래
보는 게 제맛!

엄마 오늘 늦으니까
기다리지 말고 밥 챙겨 먹어!
쳇, 또 이럴 줄
알았어….
혹시 가을은
쓸쓸한 계절이라고
생각하며 혼자 슬퍼하고
있진 않나요?

걱정 마세요!
여러분 곁에는 늘
옐언니가 있으니까요.

어제 좋아하는 애가
전학 가서 슬퍼요. ㅠㅠ
와글
와글
옐언니, 이 시간에 라이브
하는 것도 너무 좋아요!
따라 하기 쉬운 가을옷
코디법 알려 주세요!
가을에는 입맛이 당기는 게
많아서 먹다 보니 살이 쪄요.
그런 일이
있었군요~.
맞아요, 맞아!
그럼 이번에 준비한
가을맞이 라이브는
여기까지.
오늘도 재밌게
봤다면 좋아요와 구독.
한 번씩만 부탁한~
은은~
우아~
가을 특집!
따쉬!

1화

콩닥콩닥 설레는 비밀 연애

오늘 내가
등교 1등인가?
뚜벅
뚜벅

앗!
너 어제 영상
올렸더라?
꺄! 너도
봤구나?

예서…,
아….
스윽
꼬옥

사실 나도 그래….
우리… 사귈래?

…응!
두근
두근
두근
그런데… 누구랑
사귀는 건 처음이라
좀 조심스러운데….

머뭇

우리 사귀는 거
친구들한텐 비밀로
하면 안 될까?

머뭇

쉬는 시간

획

슬금

슬금

살그머니

스윽

민뽀 요원! 미행은 없었나, 오버?

예뽀 요원! 아무도 없었다, 오버.

스윽

학교 끝나고 어디로 가면 좋겠나, 오버?

삼거리 너머 카페에 신메뉴로 붕어빵이 나왔다, 오버.

거긴 한 번도 안 가 봤다. 좋다, 오버.

흠. 그럼 이번에는 태권도 학원 근처는 어떤가, 오버?

붕어빵은 좋지만 거기 친구들도 많이 간다, 오버.

딩동댕

오케이. 교실 가자, 오버!

둘 다 요즘 기분이 과하게 좋아 보인단 말이야….

게다가 쉬는 시간만 되면 사라졌다가

비슷한 시간에 돌아오고….

흐음

뭔가 수상한데?

종례 끝! 가방 잘 챙기고 내일 보자!

주섬

주섬

네에!

예서야!

집에 가는 거면 나랑 같이 가자.

그, 그래….

앗, 저기
탕후루가!
응?
탕후루?
오늘 방과 후
데이트 취소!
휙
윽!
수지한테
뺏겼군.
웬 탕후루?
아무것도
없는데.
시무룩
헤헤
배가
너무 고파서
잘못 봤나 봐!
갑자기
탕후루?
미심쩍긴 하지만
우선 패스….
가는 길에
탕후루 어때?
좋아!
다음 날
그래서….
스윽
예서야,
민준아!
둘 다 여기
있었네? 너희 요즘
사이좋아 보인다?

어쩌지…. 벌써 눈치챈 거 아냐?
너 왜 자꾸 나한테 시비 거는 거야?!
아…. 어…? 그게….
그, 그게….
네가 너무 귀여…운 게 아니라 귀찮게 하니까 그렇지!
싸우지 마.
내가 언제 귀엽… 아니, 귀찮게 굴었는데?
미안해….
괜찮아.
잠시 뒤
오, 예서! 밸런스 게임 하자!
둘 중 한 명과 무인도에 가야 한다면? 머리 잘 쓰는 김서준, 운동 잘하는 김민준. 하나, 둘, 셋!
밸런스 게임?
어… 어어?

서준이랑 민준이?!
말해 뭐 해~. 당연히 민준이지.
솔직하게 말했다가는 애들이 다 눈치챌걸?
기쁨이
난… 머리 잘 쓰는 서준이!
우엥~.
기쁨이
침착이
그래야 작전을 잘 세워서 무인도를 빠져나갈 거 아냐.
예서가 날 골라 주다니 기분 좋은걸~.
역시 무인도에서도 체력보단 머리지.
어, 으응….
화르륵
질투~
창체 시간
이번 시간에는 모둠별로 각각 다른 요리를 만들고 나눠 먹을 거란다.
자, 다들 모였지?
만들기 전에 손 잘 씻고, 앞치마도 잊지 말기!

그럼 케이크 만드는 예서네 조부터
역할 분담 시작하렴!
나는 재료 포장
뜯기와 정리!
그럼 난
케이크 장식!
설거지는 내가
맡을게!
좋아!
기본 재료를
준비할게!
완벽해!
영차
휙
휙
슥
설탕을
좀 더 넣을까?
넣자, 넣자!
최예서 엄청
집중하고 있네.
집중하는 모습
귀엽다.

다음에 같이
케이크나
먹으러 갈….
미끌
으아아악!
푸슉
이런….
흠
빽
이 꼴을
예서가 안 봐서
다행이…?
스윽
내가 너
이럴 줄 알았지!
접시나 국자
닦을 때 물 튀는 거
조심하랬잖아~.

알겠어….
수건 나 줘….
자, 여기!
앞치마도 새걸로 갈아입어. 옷까지 젖으면 감기 걸려.
어….
젖은 건 넣어 두고 올게.

총총 총
민희야, 우리 아까 어디까지 했더라?
생크림은 이 정도만 만들면 되겠지?
으, 응.

뭐지?
민준이랑 예서가 원래 저렇게 친했었나?
집중하느라 못 봄.
곰곰

2화

손에 땀을 쥐는 태권도 대회

민준이
너 진짜 대단하다!
그럼 이제
결승전만 남은 거네!
어,
내일 경기해.
긁적
예서 너도
들었어? 김민준
대회 결승까지
올라갔대.
아, 정말?
대단하네…
난 이미 알고
있었지만….
수업 시간에
맨날 잠만 자길래
우습게 봤는데
태권도 천재였어!
욕인지
칭찬인지….
결승전 이기면
우승이잖아?
어?
그러네!

우승 후보라니!
축하해, 민준아.
서준이
인사 끝나면
나도….

얘들아,
무슨 얘기 하는
중이야?
스윽
Princess!
앗, 수지도
왔네!

내일 있을 민준이 태권도
대회 결승전에 같이
응원 갈 사람?!
이예에-!
재밌겠다!
나 갈래!
나도!

근데 민준이
진짜 부럽다….
꿈도 뚜렷하게
있고, 심지어
잘하잖아!

난 먹는 걸
좋아하기도 하고
잘하기도 하지만….
그렇다고 그걸 내 직업으로
삼을 수 있을지는 잘 모르겠어!
먹기만 해도 되는 직업이 있으면
좋겠다~.

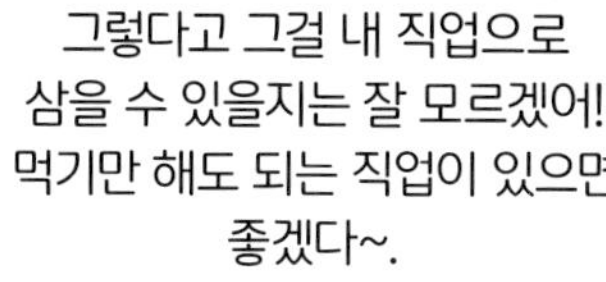

그러면
너튜브에서 먹방
크리에이터를
하면 어때?
너튜브도 엄청
어려워 보이던데?
구독자 모으기도
힘들고….
쿠궁
그건 맞아….
나도 저번에
구독자 100명
됐다고
좋아했는데….
흑흑
깨굴TV
구독자 92명
구독중 V
영상을 아무리 올려도
알고리즘도 잘 안 타고,
심지어 구독자 수도
다시 줄어든 거 있지!
열심히 하고는 있지만
반응이 적어서
가끔 아쉬워.
꾸준히 하면
언젠간 사람들이
알아주겠지.
툭
그래도 넌 하고 싶은 일이
확실히 있어서 좋겠다.
수지나 서준이는
이런 고민 없지?
어렸을 때부터
이것저것
많이 배우거나
해 봤을 거 아냐.

다른 일
시킨 일
해야 할 일
할 일

너희보다 기회가 많았던 건 사실이야.

하지만 직업으로 삼고 싶을 만큼 재미를 느낀 건 여태 하나도 없었는걸?

내가 원해서 했다기보다 끌려다니는 느낌이었어….

다음 날
와아
늦잠 자서
좀 늦어!
태권보이
플래카드까지 만들었네?
잘 만들었지?
태권보이 김·민·준
웅성
웅성
두둥
민준이다!
경기장에서 보니까 더 멋있어!

와아-
차렷, 준비!
힘내라-
이겨라-
시작!
와아-
후이
익
김민준 선수의 선공!
그러나 서은호 선수가
막아 냅니다!
파
악

0 : 43
0
3
서은호 선수의
맹공! 정확하게
득점!
파앗
잘한다!
파바바
김민준 선수도
재빨리
반격합니다!
0 : 31
5
5
안 돼!
0 : 21
5
7
휘청
팍!
김민준 선수,
계속 밀리는데요!
와아아!
어떡해!
지지 마
이겨라!
남은 시간은
10초! 이대로
끝나는 걸까요?

할 수 있다, 민뽀!

와아!

민뽀?
민뽀가 뭐지?

갸웃

휘익

화악

받아라!

시간 종료!
경기 끝!
후우
승자는!
후우
옐린초
김민준!
00 : 00
8
7
번쩍
와아아
장하다,
김민준~!
짝
짝
짝
짝
와아아아
수상자는
단상으로 나와
서 주세요.
1
2
3

소감 한마디
부탁합니다.
일단 우승해서
좋고요.
이 영광과 기쁨은
모두 예뽀에게
돌리고 싶습니다!
예뽀?
강아지
이름인가?
펑
응?
엄마야!
민준아….
콩닥
콩닥
콩닥
나 너무 좋아서
심장이
터질 거 같아!
예서 재는
왜 갑자기
얼굴이
빨개졌지?
빤히
잠깐…!
설마 아까 예서가
외친 민뽀랑
방금 민준이가 말한
예뽀가…
서로의 애칭?!
쿠궁

고민을 보내 주세요~♡

제 주변에는 좋아하는 분야가 확실하고 재능까지 있는 친구들이 꽤 있어요.
근데 저는 아무리 생각해도 제가 뭘 좋아하는지 잘 모르겠어요.
딱히 잘하는 것도 없고요. 이러다가 영영 꿈을 못 찾으면 어떡하죠?

미래에 대한 고민, 아주 중요하죠.
옐린이가 자신의 흥미와 적성을 파악해서
꿈을 찾을 수 있도록 옐언니가 도와줄게요!

나에 대해 알려 줘! 진로 탐색 TEST

하고 싶은 일을 아직 찾지 못한 옐린이들! 여러분을 위해 자신에게 잘 어울리는 직업이 무엇인지 간단하게 파악할 수 있는 테스트를 준비했어요.
다음 질문을 읽고 자신에게 맞는 답을 골라 보세요!

Q. 드디어 기다리고 기다리던 주말! 여러분은 무얼 하고 싶나요?

1. 무언가를 직접 만들거나 수리하면서 시간을 보낸다. ························ R
2. 과학 다큐멘터리를 시청하거나 책을 읽는다. ························ I
3. 글쓰기, 영상 제작, 악기 연주 등 창의적인 활동을 한다. ························ A
4. 친구와 수다를 떨거나 봉사 활동을 하러 간다. ························ S
5. 친구나 가족과 함께하는 취미 생활, 여행 등을 계획한다. ························ E
6. 일주일 동안 있었던 일을 잘 기억나도록 정리해 둔다. ························ C

내가 고른 답에 해당하는 알파벳은?

사람은 좋아하는 일을 할 때
더 몰입하고, 만족할 수 있다고 해요.
그러니 자기가 무엇을 좋아하는지 아는 것도
진로 탐색에서 중요하겠죠?

나의 유형은? 홀랜드의 6가지 직업 유형

이 테스트는 진로 적성 검사로 가장 널리 쓰이는 홀랜드 검사를 바탕으로 만든 거예요. 심리학자 존 홀랜드는 직업의 특성이나 개인의 성격에 따라 어울리는 직업 유형을 여섯 가지로 분류했답니다. 앞선 테스트에서 고른 알파벳에 맞는 유형을 찾아 보세요.

*이는 약식 테스트일 뿐이니 더 정확한 결과를 알고 싶다면 워크넷 등에서 제공하는 검사를 활용해 봐요!

R
(Realistic)
현실형

#실재적 #소박한 #신중한 #겸손한 #활동적

이 유형은 도구나 기계를 잘 다루며, 활동적이고 실물을 접하는 일을 좋아해요.

대표 직업

기술자, 조종사, 정비사, 농부, 운동선수

I
(Investigative)
탐구형

#분석적 #학구적 #논리적 #혁신적 #호기심 많은

이 유형은 지적인 호기심이 강하고, 깊이 있게 연구하는 일을 좋아해요.

대표 직업

과학자, 인류학자, 지질학자, 의사

A
(Artistic)
예술형

#개방적 #독창적 #감성적 #자유로운 #상상력이 풍부한

이 유형은 문학, 미술, 음악 등 창의적이고 변화를 추구하는 일을 좋아해요.

대표 직업

음악가, 무대 감독, 작가, 무용가, 디자이너

해당하는 유형의 대표 직업 중에
마음에 드는 것이 있나요?
그 직업을 가진 미래의 자신을 한번
떠올려 보세요! 막막했던 미래가 조금은
선명해질 거예요.

S
(Social)
사회형

#사교적 #명랑한 #친절한 #친근한 #관대한

이 유형은 상담, 교육, 봉사 활동 등 사람들과 교류하고 협력하는 일을 좋아해요.

대표 직업

사회 복지사, 교육자, 간호사, 상담사, 승무원

E
(Enterprising)
진취형

#열정적 #모험적 #경쟁적 #원대한 #적극적

이 유형은 도전적인 목표를 정하고, 다른 사람들을 이끄는 일을 좋아해요.

대표 직업

경영자, 정치인, 판사, 영업 사원, 관리자

C
(Conventional)
관습형

#안정적 #체계적 #계획적 #꼼꼼한 #정확한

이 유형은 문서 작성, 자료 정리 등 조직적이고 안정적이며 체계적인 일을 좋아해요.

대표 직업

회계사, 은행원, 세무사, 안전 관리사, 사서, 법무사

3화

수지만의 특별한 실연 극복법

김민준….
진짜 날 두고 최예서랑 사귀는 거야?
벌떡
그럼 이 푸시팝은 왜 준 건데?!
나 혼자 착각했던 거야
휙
김민준… 진짜 미워!
잠잠
그런데….
왜 내가 아닌 건데?!
용납 못
버둥

뭐라도 해서
기분 풀어야겠어!
슥
오늘 우리 집에서 파자마
파티 할래?
오오! 너무 좋아!
안 그래도
새 잠옷 샀는데!
수지야,
우리 왔어!
난 아예
파자마를
입고 왔지!
혹시 몰라서
과자도 좀
구워 왔어!
재밌는
만화 보면서
같이 먹자!
다음 날
자꾸
김민준 생각이 나서
한숨도 못 잤어.
퀭~

맞아!
이럴 거면서….

그때 왜 나한테
푸시팝 준 건데…
왜!

크흐흑

♥7
#님 외 여러 명이 좋아합니다
시즌 신상
159개 모두 보기
♥15
저 코트 국내에 딱 열 벌만 들어온 한정판 아님?
돈 있다고 살 수 있는 것도 아니래요.
옷이 날개가 아니라 수지 님이 옷의 날개~
왜 이렇게 허전하지….
띠링
띠링
띠링 띠링
오늘 진짜 하루 종일 놀았는데 뭘 해도 기분이 별로야….
옐린초 단체방
마인블록스 길드 들어올 사람~?
홱
민준이도 이 게임 다시 하는 것 같던데….
나도 접속이나 해 볼까?
접속 완료!
ID: 영앤리치앤 프리티수지
샤 라 랑 ~
예쁜 내 캐릭터 잘 있었네!

우리 반 애들 맵
제법 잘 꾸며 놨잖아?
Princ

예쏘♡ 님이 웃습니다.

민주우우운: 네가 준 호랑이 귀 아이템 꼈어.

예쏘♡: 잘 어울린다! 선물하길 잘했어!

민주우우운: 근데 이거 비싸지 않아?

예쏘♡: 어제 할머니가 최애 1위 기념으로 기분 내신다고 용돈 주셨어!

민주우우운: 오, ㅊㅋ ㅊㅋ~

새 건물 이용 가능
[러브 메이즈]

초대장
[러브 메이즈]에
초대되셨습니다.
누르면 바로 이동합니다.
아니요
예

민주우우운: 뭐 해, 예서야?
예쏘♡: 어, 누가 초대를….
스스슥

예
으악!
'아니요'랑
'예' 위치가
반대였잖아!

예쏘♡ 님이 파티에서
나가셨습니다.
파
앗
민주우우운: 갑자기
어디 간 거야?

현재 상대가 귓속말을
들을 수 없는
지역에 있습니다.
대체 어딜
간 거야….
온라인이긴 한데….
찾아봐야 하나.
두리번
두리번
민준아, 안녕! 너도
마인블록스 하네?
수지? 안녕.
혹시 근처에서
예서 본 적 있어?
예서랑 얘기하고 있었는데
갑자기 사라졌거든.
아~!
예서 아까
'러브 메이즈'로
들어간 것 같던데?
휙

러브 메이즈
좋아하는 사람과 특별한
추억을 만들고 싶다면?
함께 사랑의 미로를
헤쳐 나가 보세요!

러브 메이즈?
아까 누가 예서를
초대했다던데….

들어가 볼래?
어, 가 보자.
따라 들어갈게.

…어?

저거 예서 아니야? 맞은편은….
김서준?
…!
나랑 얘기하다가 갑자기 나간 게 서준이 때문이었어?
나보다 서준이가 더 중요했던 거야

음….
난 이만 가 볼게.
어? 벌써 가?

팟!!
민주우우운 님이 로그아웃했습니다.

사진이나
찍으러 가야지~.
이제 좀
기분이 풀리네.

예서야, 어때?
아까랑 똑같아.
예쏘♡ 님이 웁니다.
캐릭터가
움직여지지도
않네….
서준이도 강제로
이동됐다는데,
버그인가?
게다가 이 이상한 하트 효과는
왜 자꾸 피어오르는 거야?
예쏘♡ 님이
파닥거립니다.
난 이대로도
좋지만….
민준이는
왜 나갔지?
파닥
파닥
검색해 보니 시간 지나면
알아서 풀린다니까
조금만 기다리자!

고민을 보내 주세요~♡

옐언니, 저는 눈 떴을 때부터 자기 전까지 손에서 스마트폰을 놓지 못하는 게 고민이에요. 여러 SNS나 게임을 하다 보면 몇 시간이 금방 흐른다니까요. 사용 시간을 줄이려고 마음을 먹어도 실패하기 일쑤예요. ㅠㅠ 고칠 방법을 알려 주세요!

스마트폰을 손에서 놓을 수가 없다고?

현대인의 필수품, 스마트폰!
유용한 만큼 지나치게 의존할 수도 있어
사용할 때 주의가 필요하죠.
스마트폰을 건강하게 이용하고 싶다면
옐언니만 따라와요. 꼬고!

스마트폰과 나, 우리 사이 알아보기

옐린이들 깜짝 퀴즈~. 가까우면서도 멀어야 하는 사이는 어떤 사이일까요? 정답은 바로 스마트폰과 나! 혹시 옐린이 친구들은 스마트폰과 너무 가깝지 않나요? 뭐든 지나치면 문제가 되는 법. 스마트폰과 적당히 거리 두는 방법을 함께 알아봐요.

스마트폰 사용 상태 테스트

아래 체크리스트에서 해당하는 항목의 개수를 세어 보세요.
자신이 스마트폰과 얼마나 가까운 상태인지 알 수 있을 거예요.

체크리스트

- [x] 스마트폰 이용 시간을 줄이려 할 때마다 실패한다.
- [ ] 스마트폰 이용 시간을 지키는 게 어렵다.
- [ ] 스마트폰이 옆에 있으면 다른 일에 집중하기 어렵다.
- [ ] 항상 스마트폰을 쓰고 싶은 생각이 강하게 든다.
- [ ] 스마트폰 이용 때문에 건강에 문제가 생긴 적이 있다.
- [ ] 부모님이 스마트폰 사용을 제한할 때 화가 난다.
- [ ] 스마트폰 사용이 공부나 잠, 친구 관계에 안 좋은 영향을 미친다.
- [ ] 특별한 목적이 없어도 습관적으로 스마트폰을 오래 사용한다.

2개 이하: 안전 단계 "스마트폰은 좋은 친구지."
스마트폰을 적절히 사용하고 있어요. 지금의 습관을 꾸준히 유지해 보세요.

3~5개: 주의 단계 "스마트폰을 놓기 어려워!"
스마트폰 조절 능력이 떨어진 상태예요. 지나치게 의존하지 않도록 주의해야 해요.

6개 이상: 위험 단계 "스마트폰 없인 못 살아!"
스마트폰을 과도하게 사용하고 있어요. 스마트폰 때문에 몸과 마음에 이상이 생겼다면 부모님이나 선생님께 도움을 받아 보세요.

닥터 옐의 스마트폰 과의존 특급 솔루션

스마트폰 과의존은 과도한 스마트폰 사용으로 인해 일상생활에서 몸과 마음의 건강, 인간관계 등에 문제를 겪는 상태를 말해요.
스마트폰 과의존의 증상과 해결 방법을 함께 살펴볼까요?

[스마트폰 과의존의 후폭풍]

스마트폰 과의존은 어떤 문제를 일으킬까요?

스마트폰이 없으면 불안하고 우울해요.

습관적으로 스마트폰을 계속 확인하느라 아무것도 못 해요.

스마트폰 사용 때문에 주변 사람들과 싸우게 돼요.

스마트폰을 오래 사용해서 잠을 못 자거나 눈이 나빠지고, 목이 아파요.

[스마트폰 과의존 물리치기]

혹시 스마트폰 사용 상태 테스트에서 위험 단계가 나왔나요?
놀랐겠지만 너무 걱정하진 말아요. 여러분에게는 옐언니가 있잖아요!
옐언니의 솔루션만 잘 따라오면 곧 안전 단계가 될 수 있을 거예요.

안전 단계라면 이것부터!

- 잠잘 때는 스마트폰 멀리 두기
- 이동할 때는 스마트폰을 손에 들지 말고, 가방이나 주머니에 넣어 놓기
- 스마트폰 사용 후에는 눈 체조하기
  1. 눈을 꼭 감았다가 크게 뜬다.
  2. 눈을 천천히 좌우로 10번씩 움직인다.
  3. 위아래로 10번씩 움직인다.
  4. 시계 방향으로 10번, 반시계 방향으로 10번씩 돌린다.

주의 단계라면 이런 것도 해 봐요!

- 독서, 운동 등 다른 취미 시간 늘리기
- 정해진 시간 동안만 스마트폰 사용하기
- 꼭 필요한 앱만 남기고 나머지 앱은 삭제하기

위험 단계라면 꼭 시도해 봐요!

- 스마트폰 사용 시간을 정하고, 사용 시간이 끝나면 부모님께 맡겨 두기
- 스마트폰 사용 시간을 조절하는 데 도움이 되는 앱 사용하기 (스마트폰을 쓰지 않을 때 나무 아이템이 자라는 앱, 스마트폰 사용을 부모님이 확인하고 조정할 수 있는 앱 등)

위험 단계 친구들은
안전, 주의 단계 추천 활동도
함께 해 봐!

4화

예서와 친구들의 각양각색 추석 나기

추석 아침
예서야, 일어나! 작은이모네 곧 도착한대!

번쩍

스윽

민준아, 미안해.
아까 이상한 버그에 걸려서 나가졌어.
민준이는 아직도 확인을 안 했네.

일단 추석맞이 단장부터 하자!
후다닥

장모님, 저희 왔습니다!
언니랑 형부도 오랜만이에요~.
예서 언니!

뭘 또 이렇게 사 왔어요~.
굴비 좋은 게 나왔더라고요.
와글
예서 많이 컸네!
예서 언니네 집이당~!
안녕하세요!
와글
멀리서 오느라 고생했을 텐데 식사부터 해요.
송편 엄청 맛있네! 직접 했어?
요즘은 사 먹는 게 더 맛있더라~!
여기서 잠깐!
응?
명절 모임에는
빠
밤!
재롱 타임을 빼놓을 수 없죠!

예서가 뭘
준비했을까?
예진아,
폰 그만 봐!
시끌
나도 할래!
나도!
우리 딸이
뭘 보여 줄지
기대되는데?
시끌
탕
탕
이번 추석
재롱 타임은
바로… 댄스!
수-수-수- 슈퍼 예서
꼭꼭 숨어라~
제 춤 어때요?
엔딩
포즈까지!
짜 안!
예서는
춤도 참 잘 추네!
아이돌
저리 가라구먼!
언니 완전
잘하잖아~!
짝
짝

자~
잘 보셨으면…
다음으로는
용돈 증정 시간이
있겠습니다~!
엣헴!
최예서,
저러려고
춤췄구나.
우리 예서
당연히 줘야지.
아잇,
너무 많아!
방금…
용돈이라
하였느냐?
어, 엄마?
진지
그렇다면
이 신상 머니건을
꺼낼 때가 왔군!
철
컥
줍는 놈이
임자다!
용돈 받아랏!
좌르르르~~
와~!
용돈 비다~!
찰칵
오….
옐스타에
자랑해야지~.

미나 & 주나네 집
조물
조물
조물
공룡 모양
송편 완성!
잘했네~. 삼촌,
제 것도 예쁘죠?
주나 손재주가
좋구나?
삼촌보다 더
잘 만드는데~.
삼촌이 분발해야겠어
제가 요리하는 걸
좋아해서 이전에도
만들어 본 적
있거든요.
그렇구나! 미나는
주나한테 송편 빚는 것
좀 배워야겠다.
요리는 주나가
확실히 더 잘하고…,
그럼 공부는 누가
더 잘하니?
주절
주절

…….
삼촌 친구 딸은 공부를 잘해서 맨날 백 점만 맞는다던데….
이제 너희도 고학년이니 성적 좀 신경 써야지.
쓸데없이 비교하는 말말말….
다른 친구의 아들은 너튜브를 시작했는데 벌써 구독자가 5천 명이래.
너희는 꿈도 못 꿀 숫자 아니냐?
….
빠직
아, 둘 중에 키는 누가 더 커?
말 나온 김에 재 볼까?
작은삼촌! 삼촌이랑 큰삼촌 중에 누구 월급이 더 많아요?
저번에 큰삼촌은 엄청 큰 아이스크림 사 주셨는데!
큰삼촌은 차도 엄청 좋은 거 타고 다니던데요?
큰삼촌은 젊었을 때 인기가….
작은삼촌은 왜 저희보다 송편을 못 만들어요?
큰삼촌이 공부도 더 잘했죠?
쿵
쿵
쿵
너덜
너덜
앞으로 남이랑 비교하는 말 안 하마….
약속 꼭 지키세요!

민희네 집
천천히 가!
오랜만에 긴 휴일이니 실컷 놀아야지~.
옐바오 인형이랑 오늘네컷 찍은 다음…
진짜 옐바오 만나고…
옐바오 파르페 먹어야지!
수지네 집
이번 추석은 크루즈 여행!
어제는 시원한 바닷바람 맞으며 누워 쉬다가…
전용 극장에서 연극을 봤고…
오늘은 맛있는 음식 잔뜩 먹고…
수영장에서 바다 보면서 놀아야지!

민준이네 집
큰집 오랜만이다. 멀어서 자주 못 왔네.
다들 어서 와요! 차 많이 막혔죠?
민준이, 우준이도 오느라 힘들었지?
배고플 테니까 우선 송편 좀 먹고 있어. 그다음에 잡채랑 갈비랑 산적도 먹고….
와아
큰집 음식 다 맛있다~.
근데 음식이 끝이 안 나….
커허억. 배가 터지겠어….
빵
빵
후식으로 유과 먹자!
먹느냐 마느냐, 그것이 문제로다….
야!
김우준!

엄마!
선우 형이
나 괴롭혀~.
쾅
거짓말하지 마!
내 한정판 프라모델
망가뜨렸잖아!
너덜
차라리
내 다리를
부러뜨려!
너덜
난 그냥 형 물건
구경만 했는데….
형 물건을 맘대로
만지면 어떡하니?
그냥 구경하면서
살짝 만진 건데….
우에엥
형한테 당장
사과해!
잘못했어, 형아.
앞으로
안 그럴게….
앞으로
남의 방 구경할 땐
허락받고 들어가!
꾸벅
아이고~.
다 싸웠으면
이리 오렴.
추석 특집으로
재밌는 예능 한다.
휙
휙
연예인 가족 소개단의
다음 주인공은 바로~!

국민 배우
부부의 보물,
김서준 군입니다!
부모님을 닮아
아주 훤칠하죠?
오늘 여러분께 바이올린
연주를 들려준다고
합니다!
안녕하세요,
김서준입니다!
김서준?
여심저격 멜로디!
민준이
어디 가니?
벌떡
후다닥
바람
좀 쐬러요.
예서
아까 이상한
버그에 걸려서…
가족
가자~!
후….
보름달이 소원을
이루어 준다는데.
내 소원은….

고민을 보내 주세요~♡

저는 추석이 너무 좋아요! 맛있는 음식도 잔뜩 먹을 수 있고,
가족들이랑 같이 시간도 보내고, 할머니 댁에도 찾아가잖아요.
혹시 추석을 더 재미있게 보내는 방법은 없나요?

음력 팔월의 한가운데, 추석의 모든 것!

커다란 보름달이 두둥실 뜨는 음력 8월 15일은 민족 대명절인 추석이에요. 추석에는 어떤 음식을 먹고, 무엇을 하는지 한번 알아볼까요?

추석이란?

추석은 한가위라고도 불려요. '크다'라는 뜻의 '한'에, '가운데'를 뜻하는 '가위'가 합쳐진 말이에요. 음력 8월의 한가운데에 있는 큰 날이라는 의미죠. 가을에 쌀이나 과일 등 농작물을 수확해 먹거리가 풍성해진 것을 축하하는 명절이에요. 예로부터 추석에는 송편과 햇과일을 올려 차례를 지내고, 다양한 행사와 놀이도 즐겼답니다.

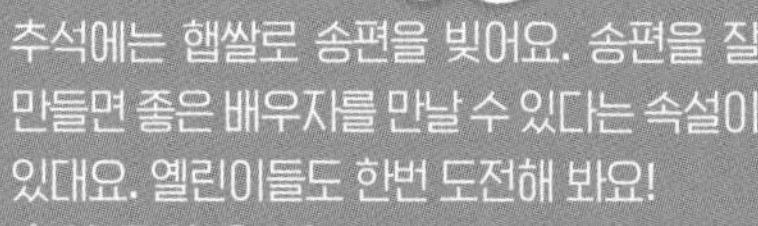

추석 음식 ① **송편**

추석에는 햅쌀로 송편을 빚어요. 송편을 잘 만들면 좋은 배우자를 만날 수 있다는 속설이 있대요. 옐린이들도 한번 도전해 봐요!

추석 음식 ② **밤**

다디달고 다디단 밤! 밤은 제사상에 따로 놓기도 하고, 밥과 송편에 넣어 먹기도 해요.

추석 풍습 **강강술래**

추석날 밤, 다 같이 손을 잡고 빙빙 돌면서 노래하고 춤추는 풍습이에요.
이순신 장군이 부족한 병사 수를 들키지 않기 위해, 마을 부녀자들을 모아 남장을 시키고 빙빙 돌게 해 왜군들을 속였다는 이야기로도 유명하죠.
이번 추석엔 옐린이들도 강강술래, 어때요?

[추석과 비슷한 세계의 명절]

중추절 **(中秋節)**

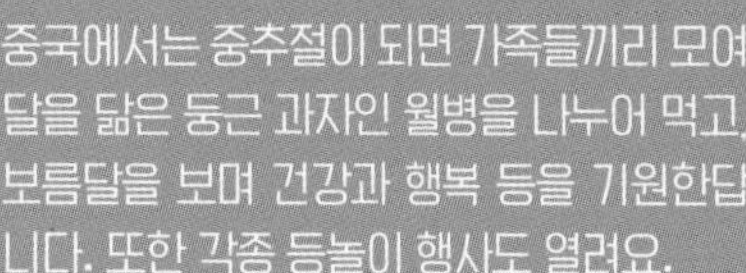

음력 8월 15일은 중국의 명절 중 하나인 중추절이기도 해요. 중추절은 '가을의 가운데'라는 뜻이지요.
중국에서는 중추절이 되면 가족들끼리 모여 달을 닮은 둥근 과자인 월병을 나누어 먹고, 보름달을 보며 건강과 행복 등을 기원한답니다. 또한 각종 등놀이 행사도 열려요.

추수감사절 **(Thanksgiving Day)**

북미 지역의 전통 명절로, 1620년 영국에서 미국으로 넘어온 청교도들이 다음 해 11월 추수를 마치고 축제를 연 데서 시작됐어요. 그 후 미국에서는 11월의 넷째 목요일을 추수감사절로 정했어요. 이 날이 되면 가족들이 모두 모여 구운 칠면조 요리, 호박 파이 등을 먹는답니다.

추석맞이 DIY 윷놀이판 만들기

친척들이 오랜만에 한자리에 모이는 추석! 여러분은 가족과 무얼 하나요?
우리 가족만의 윷놀이판을 만들어서 재밌게 놀아 봐요.

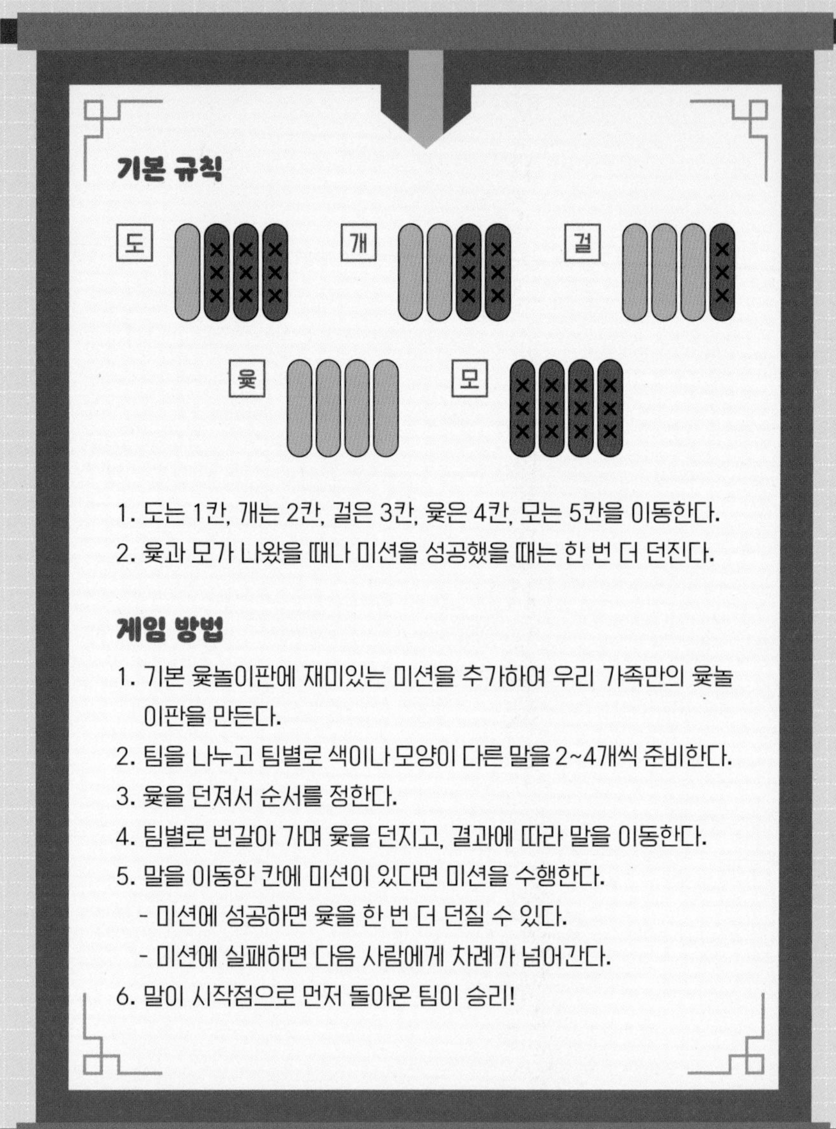

기본 규칙

1. 도는 1칸, 개는 2칸, 걸은 3칸, 윷은 4칸, 모는 5칸을 이동한다.
2. 윷과 모가 나왔을 때나 미션을 성공했을 때는 한 번 더 던진다.

게임 방법

1. 기본 윷놀이판에 재미있는 미션을 추가하여 우리 가족만의 윷놀이판을 만든다.
2. 팀을 나누고 팀별로 색이나 모양이 다른 말을 2~4개씩 준비한다.
3. 윷을 던져서 순서를 정한다.
4. 팀별로 번갈아 가며 윷을 던지고, 결과에 따라 말을 이동한다.
5. 말을 이동한 칸에 미션이 있다면 미션을 수행한다.
   - 미션에 성공하면 윷을 한 번 더 던질 수 있다.
   - 미션에 실패하면 다음 사람에게 차례가 넘어간다.
6. 말이 시작점으로 먼저 돌아온 팀이 승리!

미션 윷놀이판

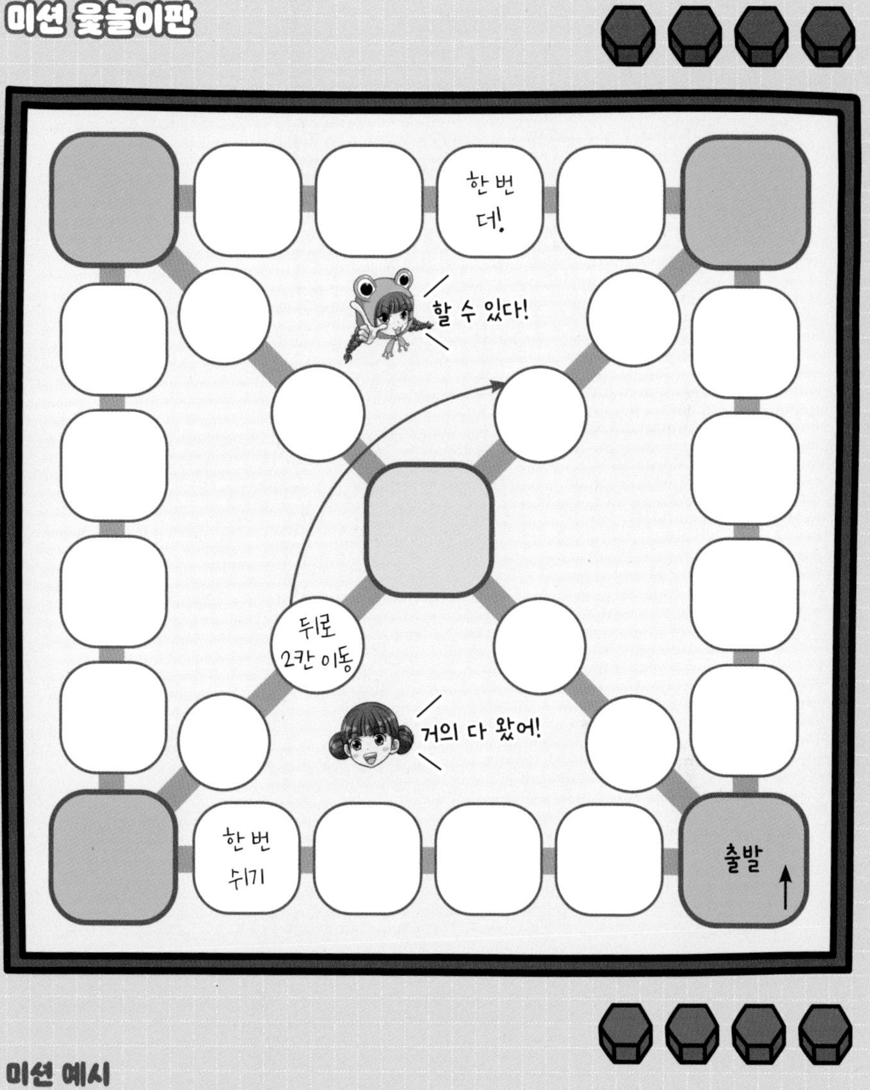

한 번 더!

할 수 있다!

두로 2칸 이동

거의 다 왔어!

한 번 쉬기

출발

미션 예시

- 오른쪽에 앉은 사람 이름으로 N행시 짓기
- 상대 팀과 묵찌빠 삼세판
- 특정 단어를 몸으로 표현하고, 다른 팀원이 알아맞히기

5화
엇갈리는
예서와 민준

추석 다음 날
갑자기 강제 이동된 거라니까!
움직여지지도 않아서 얼마나 당황했다고.
버그 같은 거였나?
캐시 아이템이라는
잘은 모르겠
나갔을 때 바로 물어볼걸. 괜히 오해했잖아….
끙
오해해서 미안해. 나도 내가 왜….
긁적
예서야, 민준아!
다들 추석 재밌게 보냈어?
안녕, 서준아! 너 TV 나왔더라!
윽….
여전히 엄청나게 신경 쓰여!

점심시간
예서랑 같이 먹고 싶은데, 옆에 앉으면 티 나려나?
예서야! 자리가 없어서 그런데 여기 앉아도 돼?
화르륵
앗, 응!
수업 시간
어라, 풀이 어디 갔지?
집에 놓고 왔나?
예서야, 이거 써!
고마워!
방과 후
되게 잘 어울린다~.
뭐야?!
쫑긋
홱
이번에 새로 산 거야?
응! 옐언니 추천 신상이지롱!
예서랑 서준이가 또…!
…는 아니네.

대체 왜 이러는 거야?!
신경 안 쓰려고 할수록
더 신경 쓰여!
파바
바밧
그래도 집에 갈 땐
둘만 있을 수 있으니
좀 진정해 보자….
너저분
훌쩍

예서….
앗!
예서야,
집에 가는 거야?
휙
어,
이제 가야지.

혹시 새로 생긴
아이스크림집
지나가?
응.

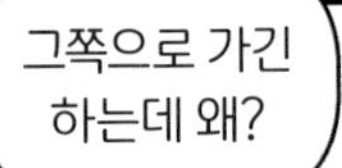
그쪽으로 가긴
하는데 왜?

사실 네가 내
이상형이야~!
정말~?
민준의 눈에 비친 두 사

네가 서준이랑 가깝게 지내는 모습을 보면 나도 모르게 질투가 나….

서준이는 그냥 같은 반 친구일 뿐이야.

내가 좋아하는 사람은 너란 거, 네가 제일 잘 알잖아.

나도 알아….
근데 서준이랑은
커플 팔찌도
찼었잖아.
친구여도
좀 그래.
시무룩

무슨 소리야.
그거 수지가
준 거라니까.
그래도….
나랑은 커플템 한 적
없잖아.

사귀는 거
공개하고 우리도
커플템 마음껏
하면 안 돼?

나는, 어…,
아직 잘
모르겠어….

울컥
됐어.
끊을게.

어? 민준아?
민준아!
띠리링
뭐야, 진짜
끊었네….

이를
어쩐다….
하아

홱
칫!

다음 날
고민하느라
잠 엄청 설쳤어.
좋은 아침.
오늘따라 피곤해 보이네?
무슨 일 있어?
아!
서준아, 안녕!
일찍 왔네.

서준이한테
조언을 좀
구해 볼까?
상대가 민준인 것만
밝히지 않으면
괜찮을 것 같은데….
고민
그게….
끙
친한 친구랑 좀
다퉜거든. 걔랑 나랑
의견이 안 맞아서….

싸늘
이런,
다퉜구나.
서로 기분
많이 상했겠다.

그럴 땐 서로가
마음을 추스를 수 있게
거리를 두는 시간이
필요한 거 같아~.
진정이 되면
그때 다시
이야기하는 게 낫지.
방긋

맞아! 화났을 때 계속 보고 있으면
더 화만 나지! 시간을 좀 주면 민준이도
화가 풀리지 않을까?
그땐 내가
좀 과했어.
곰곰

도움이 됐다니
기쁘네~.
진짜
좋은 생각이다!
고마워, 서준아!

후후
또 고민 생기면
편하게 물어봐.

어?
드르륵
앗.

역시 내가 먼저
사과해야겠지?
어제 전화도
그냥 끊어서 예서
기분 안 좋을 텐데…
안녕,
민준아~.

어, 안…?
쌔
앵
거리 두기,
거리 두기!

역시 기분
나빴던 건가?
민준아,
안녕!
우리 오늘
비슷하게
등교했네?

슬쩍
내 전화는
그냥 끊더니
수지랑은 잘만
말하네….

잠시 뒤
그래서
그때~.
짜?

아!
민준….

후다닥
흥
이제 내 눈도 피하잖아?
거리 두기 하다가 괜히
사이만 더 멀어지는 거 아냐?
안 되겠어!
대화로
풀어야지.
씨익
훗.

왜 부른 거야?
나는 너랑 할 얘기 없는데.
서로 피하니까 오해만 더 커지는 것 같아서 그래!
잘못된 게 있으면 고치면 되잖아.
그래서 지금 이게 다 내 잘못이라는 거야?
먼저 전화 끊어 버린 건 네 잘못 맞지.
너 기분 풀리면 그때 말하려고 그런 거잖아!
너도 아까 인사만 하고 쭉 나 피했잖아. 그건 왜 얘기 안 해?
그럼 우리 사이 공개하는 건? 언제까지 기다려야 하는 건데?!
당장 결정할 수 없는 문제라는 거 알잖아!
분리수거장 너무 멀다.
후다닥
빨리 해치우고 놀아야지!

민희야,
같이 가자.

오, 그래!

금메달 땄을 때
너한테 고맙다고 한 건
진심이었어, 예뽀!

깜짝

금메달?
예뽀?

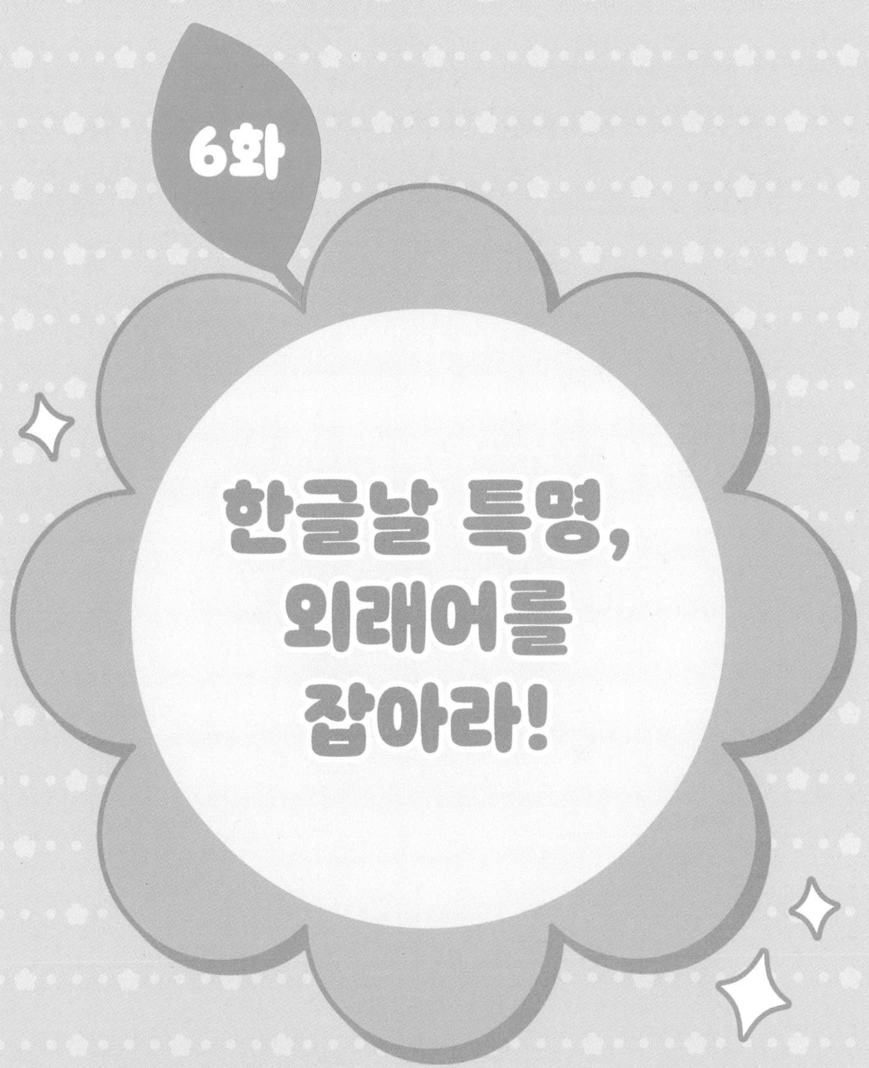
6화
한글날 특명,
외래어를
잡아라!

흐으으음….
민준이가 잘못한 건데?
그냥 내가 연락을 해야 하나?
누가 먼저 연락하는 게 뭐가 중요해.
하지만 먼저 가 버린 건 민준이잖아….
이럴 땐 어떻게 해야 하는지 전혀 모르겠다고!
풀썩
이왕 들킨 거 민희한테 물어볼까?
근데 민희가 이런 상황에서 무슨 말을 해 줄 수 있지?

아니야, 지금은 훈련에 집중!
팡
근데 내가 좀 심하긴 했어….
멈칫
흔들-
하지만 예서도… 으억!
퉁
민준아, 요즘 무슨 일 있어? 영 집중을 못 하네.
아….
아니에요….

다음 날
어제는 한글날이었지~. 다들 어떻게 보냈니?
시끌
시끌
그냥 놀았어요!
영어 학습지 풀었는데!
한글날이 왜 만들어졌는지 아는 사람?
한글이 처음 만들어진 날이라서?
몰라요!
이런, 선생님이 한글날의 의미를 알려 줘야겠구나?
한글날은 세종대왕이 훈민정음을 만들어서 *반포한 것을 기념하고 한글의 우수성을 알리기 위한 국경일이야!
혹시 '언어 순화 운동'이라고 들어 봤니?
*반포: 세상에 널리 퍼뜨림.

우리가 무심코 쓰는
외래어를 우리말로
바꾸자는 운동인데,
'댓글' 같은 말이
언어 순화 운동에서
나온 말이지.
댓글이요?
인터넷에서
자주 쓰는
말이잖아요.
저도 댓글
많이 달아요!
인터넷에 올린
게시글에 답하는 짧은 글을
댓글이라고 하지? 예전에는
그걸 '리플'이라 불렀는데,
우리말로 순화해서
댓글이라고 부르게 된 거야.
리플(Reply)
대(對) + 글 = 댓글
'대답할 대(對)'에
고유어인 '글'이
합쳐진 말이지.
그럼 이번
시간에는…
한글날을
맞아…
특별한
모둠 활동을
해 볼까?
모둠별로 외래어가 적혀 있는
종이를 하나씩 뽑은 다음,
그 외래어를 우리말로 바꿔 보렴.
가장 어울리게 바꾼 모둠한테는
닭고기 튀김을
먹을 수 있는 이동통신
상품권을 주마!
짠!

참, 규칙 하나 더 추가!
대화 중에 외래어나 외국어를
쓰면 그 순간 말을 멈춰야 해.
그리고 몸짓으로
어떤 단어를 표현하는
문제를 내고,
슈슉
이건 사마귀!
다른 조원들이
그 문제를 맞혀야 다시
말할 수 있단다!
우선 1모둠은
김민준, 최예서, 재민희,
한수지, 김서준!
같은 조
….
슬쩍
하하….
둘이 아직 화해
안 했구나.
….
스윽
어색

얘들아, 내가 단어
뽑아 왔어!
두구두구두구!
짠!
챌린지
앗, 이거!
'챌린지' 자체가
'도전'이라는 뜻을 가진
영어 단어잖아?
그냥 도전이라고
하면 되는 거 아냐?
잠깐 수지
외래어 썼어!
빨리 단어
생각해서 몸으로
표현해 봐!
깜짝
핫!
좋아, 내 혼신의
연기를 보라고!
옐린이들도 같이 맞혀 볼까요?
아~
냠
으음~

정답! 뭘 비벼서
맛있게 먹었으니까
비빔밥!
먹고 나서 이가
아픈 것 같았는데
혹시 치과?
번
알겠다!
짝
정답은 팥빙수!
기분 나쁘게
왜 둘이서 마음이
딱딱 맞는 거야?
정답이야!
짝
빙수를 잘 섞어서
한입 가득!
흠칫
흥.

휴~, 이제 말할 수 있다.
좋아, 그럼 마저 얘기하자!
근데 무슨무슨 도전~, 하면 유명한 춤 같은 걸 따라 하는 거잖아?
우리가 자주 보는 에….
민희야, 안 돼!
으악!
방금 영어 말할 뻔했다!
깜짝!
아무튼, 친구들이 일상 올리는 곳에 춤 같은 거 많이 올라오잖아!
둠칫
둠칫
그러니까 '따라 춤추기' 어때?
한 단어로 줄이면 더 좋을 것 같은데!
재잘
어떻게 줄이지? 잘해야 치킨 먹을 텐데….
재잘
여기서 더 짧게 줄여?
민희 방금 외래어 썼어!
재잘
으아악!

몸으로
말하기 시작!
빼꼼
빼꼼
뭐, 뭐지?
화가 나
있는 건가?
배고픈 곰!
거대 금붕어!
화난
담임 선생님!
그럼 혹시…
옐언니 새 영상
알림 왔는데
학원 가야 돼서
못 보는 옐린이?
정답~!
역시 예서!
저게?
이걸 대체
어떻게 맞힌
아무리 봐도
산짐승 같은데.
그럼 다시
얘기해 볼까?
줄일 거면
앞 글자만 하나씩
따오는 건 어때?
난 아까 그 문제
답이 곰이 아니란
믿겨지지 않아…

잠시 후
슬슬 토론을 마무리해 볼까?
이나네 모둠부터 나와서 발표하자!
저희 모둠이 뽑은 외래어는 '스마트폰'입니다!
스마트폰
항상 붙어 다니는 친구 같은 존재라는 의미로…
스마트폰은 우리가 늘 가지고 다니는 물건 중 하나잖아요?
'만능 단짝 전화'를 순화어로 정했습니다.
스마트폰을 친구라고 생각한 발상이 재밌네!
다음은 주나네 모둠~.
짝 짝
우리 모둠이 뽑은 외래어는 바로 이거예요!
SNS

SNS는 소셜 네트워크 서비스
(Social Network Service)의
줄임말로 사진이나 글을 공유할 수 있는
플랫폼이 있어요!
'누리 소통망'이나
'사회 관계망' 같은
순화어도 있는데,
뭔가 어색하더라고요.
그래서 저희는
'어디서든 일상'을
새로운 순화어로
정했습니다!
시적이고
친근한 표현이네!
마지막으로 예서네!
저희는 퀴즈로
시작할게요. 저희가
뽑은 단어가 뭔지
알아맞혀 보세요!
앗,
차가워!
Princess!
주~인공은 너무
어. 려. 워.
휙
휙
서준이는
춤도 잘 추네!
맞아요,
바로 '챌린지'예요.
챌린지는 특정 춤이나
행동 등을 따라 하는 영상을
찍고 공유하는 것을 말해요.
챌린지가 계속되면
유행으로
이어지기도 하죠.
챌린지
그래서 저희 모둠은 순화어를
'최고로 인기몰이 중인 짓'의
앞 글자를 하나씩 따서
'최인짓'이라 정했어요.
챌린지
최인짓
챌린지! 최인짓!
어쩐지 발음도 비슷해
입에 잘 붙지 않나요

줄임말을 활용한 재밌는 순화어구나.
자, 그럼 가장 잘한 모둠을 뽑아 볼까? 닭고기 튀김을 먹을 수 있는 영광의 주인공은, 바로~!
여러분 모두!
토의하느라 다들 고생했다.
주문완료
배달중
곧 배달 온다니까 손 깨끗이 씻고 기다리자!
맛있게 먹은 후에는 뒷정리도 잊지 말기!
와아아
선생님 최고!
잘 먹겠습니다!
오예!
짝!
치킨이…!
흠칫
…다.
어색

7화

갈팡질팡 예서의 최애는 누구?

쏴
아
아

치킨 진짜
맛있었다!
다음에
또 했으면
좋겠다~.

아하핫!
세상에, 또
대회에 나간다고?
응?
이 목소리는…?
너 안 힘들어?
스윽
내가 좋아서
하는 건데 뭐.

당장 다음 달
시합이라 내일부터
집중 훈련 하려고.
재잘
재잘
너 연습하는 거
보러 가도 돼?
Princess
흐음….

예서어어~!
응?
민준이랑 아직 화해 안 한 거지?
아, 으응…. 아직….

분위기로 보아하니 민준이는 이제 수지랑 잘돼 가는 거 같은데….
곰곰

슬쩍

후유….

아니, 럴 거였으면….
요즘 수지가 민준이랑 자주 다니네.
예서랑 마무리라도 먼저 하든가~.
둘이 뭐 있….
혹시 사….
파바바밧
예서야!

우리
이거 할래?!
응?
뭐, 뭔데?
나만의 최애를
만들 수 있는
테스트래!
최 애
메이커
내가 만드는
나만의 이상형
START
아
난 지금 별로
그럴 기분이….
민희가
날 걱정해 주는
거구나.
반짝
이거 지~인짜
재밌어서 기분 전환도
될 텐데? 응?
하하
알았어.
해 볼게!
시작 버튼
누르면 되나?
한번 눌러 봐!
너만의 최애를
만들고 싶다면
문제를 보고
네 취향을 골라 줘!
이거 소리가
나오네?

얏!
너희 최애
커 하는 거야?
우리도
구경할래!
커몬~, 커몬!
좋아. 그럼
첫 번째 문제….
옹기
종기
띠롱
1. 음식★취향
분식집에 가서
먹고 싶은 음식은?
고소한
카르보나라 떡볶이
VS
매운
고추장 떡볶이
흐음….
둘 다 좋아하긴
하는데….
아~.
매운 건
잘 못 먹는데
너랑 같이 먹으니까
맛있는 것 같아!

나도! 너랑 먹으니까
더 맛있어!
으으음….
맵찔이 민준은
이제 잊을래!
매운 고추장 떡
선택 완료!
띠링♪
2. 취미★취향
최애랑 같이 하고
싶은 것은?
차분한 실내 활동
VS
활기찬 야외 활
예서야,
늦어서 미안~!
왜 이렇게
늦은 거야?
애들이 축구 한 판만
하자고 해서….
우리 약속보다
축구가 더 중요해?!

그때 완전
열받았는데….
밖이 재밌지!
난 최애랑 요리할래~.
악!
왜 민준이 생각이 떠나질 않는 거야…!
예서도 나처럼 차분한 실내 활동 좋아하는구나~.
띠링♪
어…, 맞아. 좋아해….
3. 성격★취향
당신의 최애는 공감파? 해결파?
진심 공감 100%
VS
문제 해결 100%
다쳤네? 많이 아파?
너 아까 배고프다고 했잖아.
최애라면 역시 공감해 줘야지~.
난 원래 공감해 주는 사람 좋아했어! 김민준 생각은 이제 그만할 거야!
으악!
공감도 좋지만 해결이 더 중요하지 않아?
휙
휙
불끈!

띠링♪
진심 공감 100%
진심 공감 100%
선택 완료!
우아~!
이번에도
예서랑 통했네~!
짝
4. 장소★취향
최애랑 같이 가고
싶은 곳은?
특별한 관광지
VS
집 앞 카페
어, 문제에 나온
사진 브란성이랑
비슷하다!
브란성?
거긴 어디야?
저번에
루마니아로
여행 갔었거든!
드라큘라의 성으로 유명해서
무서울 줄 알았는데,
잘 꾸며 놓은 별장 같은
느낌이었어!

저 성 보니까
옐랜드 생각난다!
거기 식당이 엄청
예쁘댔는데, 같이 가면
좋겠다!
난 최애랑 이탈리아
베네치아 가고 싶어~.
함께 곤돌라를
타는 경험은
특별하잖아!
특별한 곳은 결국 사진으로만 기억해야
하잖아. 근처 공원이나 산책로를 최애랑
같이 걸으면, 나중에 거길 갈 때마다
최애 기억이 나서 더 좋을 것 같아!
예서 넌 어디가
더 좋아?
음….
나는 역시….
민준아, 미안!
오래 기다렸어?

나도 방금 왔어.
저번에 민준이랑 같이 옥상에서 본 풍경 정말 예뻤는데.
일상 공간 선택 완료!
최★애 생성 중
68%
100%
당신의 최애 유형은?
다정다감 스타일.
널 위해서라면 떡볶이 별도 따
줄 수 있어!
지적이고 차분함.
나중에 루마니아에 놀러 가면….
근데 내 최애 유형 뭔가….
서준이랑 닮지 않았나?

응?
예서야, 왜?

깜짝

앗! 아무것도
아냐!

기분 전환은커녕
머리만 더 복잡해졌어….

꽁

음….

소소

내 이상형은
민준이와
정반대였잖아.

그런데
왜 그러냐고!!

! 왜 계속 김민준만
생각나는 거야!

벌떡

깜짝이야!

8화

공포의 캠프 체험

민희야,
준비됐어?
훗
진작 다 끝났지!
옐린초 일일 캠프 체험
친구들과 함께하는
일일 캠프 시작!

오늘을 위해
맞춘 단체복!
캠핑에서만 맛볼 수
있는 특별 간식!
다 함께 모여서
즐기는 장기 자랑!
텐트 안에서 보는
노을까지!
예서랑 민희 왔구나!
이제 슬슬
야광봉 나눠 줄까 하는데
같이 할래?
좋아요!

예쁘다~!

주나야, 너도 해 볼래?

좋지!

앗, 벌써 꺼졌어.

주나야, 내가 선생님한테 가서 야광봉 새로 받아….

앗!

미, 민준이?! 언제부터 내 옆에 있었지?

헉

어?

배터리 다 됐네? 이거 써!

수지랑 같이 있었던 거구나….

팟
얘들아아~.
꺄아아아악!
깜짝 놀라게 하기
성공!
우리 교실에 모여서
무서운 얘기 하기로
했잖아. 빨리 가자!
왔구나?
어서 앉아.

나 웬만한 괴담은 다 아는데!

뭐 재밌는 얘기 알아 온 거 있어?

드르륵

그럼 혹시… 옐린초가 지어지기 전에 여기에 뭐가 있었는지 알아?

학교 도서관 자리에 원래 공동묘지가 있었대!

헉, 너튜브 대박 소재감!

으스스

벌써 무서워….

그래서 밤 열 시가 넘어가면

도서관 2층 창문에서 흰옷 입은 여자가 돌아다니는 게 목격되기도 한대.

또 어두운
열람실에서 책 읽는
소리가 나는데….
중얼
중얼
책 읽는 사람을
자세히 살펴보면
해골이라는 거야!
꾸에엑!
게다가 밤에
복도에서 통통
소리가 나는데….
통
그 소리가 들리면
곧 한 소녀가
나타난대.
사실 소녀가 두 발을
모으고 통통 뛰며
쫓아오고 있었던 거야!
통
통
꺄아아악!

곧 열 시인데 나랑 도서관 가 볼 사람!
번쩍
민준이랑 둘이 있고 싶은데….
난 너무 무서워~!
민준아, 나랑 있어 주면 안
그래…. 그럼 나랑 수지는 밖에 있을게. 너희끼리 다녀와.
그럼 난 선생님께 허락받고 올게~!
좋아. 나머지는 다 가는 거다!
주나는 왜 안 보이지?
별일 없겠지…?
스윽

슬쩍
무서워….
밤에 오니까 완전 낯설어 보여….
귀신이 진짜 있으려나?
자, 저는 지금 귀신이 나온다는 도서관에 왔는데요!
저는 귀신을 믿지 않지만 혹시라도….
…응?
쿵
으아악! 흰옷 입은 귀신!
…이 아니라
커튼이었네용~.

통..
통..
통..
통..
통..
으아악!
통통 뛰어오는
소녀!
미, 미안해!
내가
실수로 지구본
떨어뜨렸어.
…도 아니었네요
역시 귀신 같은 건
세상에 없….
와작
와작…

쿠웅
으아아아악!
얘들아, 진짜 있어!
해골 귀신~!
후다닥
뼈가 있었다니까!
도망가!

으악!

아야,
내 무릎….

민희야,
미나야!

…어?

고민을 보내 주세요~♡

요즘 학교에서 친구들이 무서운 얘기를 할 때가 종종 있어요.
저도 친구들한테 무서운 얘기를 들려주고 싶은데,
아무도 모를 만한 새로운 괴담 없을까요?
괴담에 대해 좀 더 알고 싶어요!

무서운 마음 반, 궁금한 마음 반으로 듣는
흥미진진한 괴담에 대한 모든 것!
궁금한 옐린이들 여기로 모두 모여라!

오싹오싹 괴담 A to Z

무서워서 듣고 싶지 않지만 동시에 너무 궁금하기도 한 괴담!
이상하고 오싹한 괴담의 세계로 함께 떠나 볼까요?

[괴담이 뭐야?]

괴담이란 '괴상한 이야기'라는 뜻이에요. 입에서 입으로 전해지는 무서운 이야기부터 요괴, 유령 등이 등장하는 괴이한 내용의 문학 작품이나 연극까지 모두 괴담이라 부르지요. 괴담은 듣는 사람에게 두려움과 함께 생생한 상상을 불러일으킨답니다.

[세계의 별별 괴담]

괴담은 현대에만 있는 게 아니에요. 아주 오래전부터 사람들은 괴담을 만들고, 널리 퍼뜨려 왔답니다. 그중에는 설화나 전설로 전해 내려와 우리에게 익숙한 것도 많이 있어요. 세계적으로 잘 알려진 무서운 이야기들을 소개합니다!

꼬리 아홉 개 달린 여우, 구미호

우리나라에서는 꼬리가 아홉 개 달린 천 년 묵은 여우인 구미호에 대한 이야기가 전해져요. 주로 구미호가 사람들을 홀리고 잡아먹었다는 이야기예요. 우리 조상들은 묘지 주변에 살던 여우를 무섭고 불길한 존재로 여겼거든요.

살아 있는 시체, 좀비

시체가 끔찍한 모습으로 되살아나 사람들을 공격하는 좀비 이야기는 중앙아메리카의 아이티에서 시작되었다고 해요. 아이티 사람들은 주술사가 사람에게서 영혼을 뽑아낼 수 있다고 믿었어요. 주술사에게 영혼이 붙잡힌 시체가 주술사의 명령에 따라 사람들을 공격했다는 이야기가 전해지지요. 현대의 좀비 이야기와는 조금 다르죠?

흡혈귀 드라큘라

사람의 피를 빨아 먹는 흡혈귀 이야기는 아주 오래전부터 유럽에 전해 내려왔어요. 그러던 중 1897년에 소설가 브램 스토커가 피에 굶주린 드라큘라 백작이 주인공인 소설 『드라큘라』를 발표했지요. 이후 이 이야기는 인기를 얻으며 널리 퍼져 나갔고, 드라큘라는 대표적인 흡혈귀 캐릭터로 자리 잡았답니다.

괴담은 어떻게 만들지? 나만의 괴담 만들기 1

웬만한 괴담은 다 꿰고 있어서 무슨 이야기를 들어도 식상하다고요?
그렇다면 신선한 괴담을 직접 만들어 보는 건 어때요?
흡혈귀 괴담이 소설 『드라큘라』로 재탄생되었던 것처럼, 여러분이 떠올린 짧은 괴담이 나중에 멋진 소설의 씨앗이 될 수도 있잖아요!
그런데 괴담을 만들려면 어떻게 해야 하냐고요? 그럴 줄 알고 옐언니가 다 준비해 놨죠!
먼저 예서를 따라 차근차근 빈칸을 채워 볼까요?

제목: 예서의 거울 괴담

Q1. 내가 무서워하는 것은? (사물, 동물, 공간 등)

: 엄청 큰 거울

Q2. 무서워하는 이유는?

: 거울에 원래 보여야 하는 것 말고 엉뚱한 것이 보일까 봐 두려운 마음이 들어!

Q3. 어기면 안 되는 금기 하나를 생각해 볼까?

: 머리카락이 베개 바깥으로 삐져나오면 안 된다.

Q4. 그 금기를 어기면 안 되는 이유가 뭘지 상상해 봐.

: 베개 바깥으로 머리카락이 빠져나와 있으면 귀신이 그걸 하나하나 세고, 셈이 다 끝나면 그 사람을 해코지하기 때문이다.

Q5. 내가 무서워하는 것과 금기를 섞어 이야기를 만들어 보자!

: 예서는 학교를 마치고 집에 오자마자 침대에 누워 잠이 들었다. 그러다 오후 4시 44분, 예서는 머리가 간지러운 느낌이 들어 잠에서 깼다. 머리끈이 풀려 머리카락이 베개 바깥으로 삐져나와 있었다. 불길한 마음이 든 예서는 방 한쪽에 있는 전신 거울을 슬쩍 쳐다봤다. 거울에 예서의 머리카락을 세고 있는 귀신이 비쳤다!

식상한 괴담은 가라! 나만의 괴담 만들기 2

예서가 만든 괴담을 잘 살펴봤나요? 그렇다면 이제 옐린이가 자신만의 괴담을 만들어 볼 차례예요. 질문에 대해 충분히 생각해 보고, 이야기를 만들어 봐요!

제목:

Q1. 내가 무서워하는 것은?

Q2. 무서워하는 이유는?

Q3. 어기면 안 되는 금기 하나를 생각해 볼까?

Q4. 그 금기를 어기면 안 되는 이유가 뭘지 상상해 봐.

Q5. 내가 무서워하는 것과 금기를 섞어 이야기를 만들어 보자!

에필로그

오해 끝! 새로운 빌런의 시작?

그런데 너 밖에 있었잖아.
어떻게 알고 온 거야?
애들 비명이 들리고, 다들 나왔는데….
내가 비명을 그렇게 크게 질렀나….
너만 안 나오길래 냅다 들어왔더니 네 비명이 들리더라.
정말?
몰라. 그냥 듣자마자 뛰어왔어.
근데… 우리 이제 화해한 거 맞지?
네가 내 사과 받아 준다면…
이미 받았어.

라이브 방송 시작
여러분, 안녕하세요! 옐언니입니… 따아앗!
소곤
소곤
오늘의 주제는 '오해와 화해'예요!
여러분은 누군가를 오해한 적 있나요?
키우던 강아지가 자꾸만 절 보고 짖어서 상처받은 적이 있는데,
사실은 제 머리에 붙은 매미를 쫓아 주려고 그랬던 거였어요.
밤길을 혼자 걷는데 누가 계속 쫓아오는 거예요.
그래서 더 따라오면 신고한다고 소리쳤는데, 돌아보니 아빠였어요.
저런~!
날 아끼는 옷에 얼룩이
있는 걸 본 거예요.
야, 이주나!
너 내 옷 맘대로 입었어?
그거 네가 저번에 짜장면 먹다가 흘린 자국이잖아!
자기가 해 놓고 왜 나한테 성질이야!
앗
동생한테 엄청 화냈는데, 알고 보니 제가 묻힌 얼룩이었던 거 있죠….

살다 보면 오해란 건 어쩔 수 없는 일인 것 같기도 해요!
중요한 건 화해하고자 하는 마음!
소중한 사람을 지키고 싶다면 용기 내서 사과해 보세요.
ASMR
소곤 소곤
그럼 다음 방송에서 또 만나요! 좋아요와 구독 부탁한…
가을 라이브!
빠암
으아! 오늘 방송 끝!
쭈우욱
이제 밥 먹고….
앗! 메시지 왔다.
딩동

혹시 민준인가?
이쯤
연락 준다고
하긴 했….
user-rwp4cj1da
어…?
이 아이디는…?
user-rwp4cj1da
안녕, 옐언니.
띠링
내가 쓴 댓글 잊지
않았지?
띠링
싸아아…
내 번호를 대체 어떻게
알고 있는 거야?!
안녕, 옐언니.
내가 쓴 댓글 잊지
않았지?
쿠웅

5권 미리 보기

#예서의 비밀

예서의 비밀을 알려 주겠다는 수지
민준이는 말없이 수지의
뒤를 따라가는데….

이를 목격한 예서는 그 뒤를 몰래 쫓는다!
수지를 따라가는 민준이의 진심은?

#패션왕은 나야

예서네 학교에서 열린
패션왕 선발 대회!

1년 365일 도복만 입고 다니던 민준이도
비장의 코디를 선보이는데….
민준이의 의상을 본 서준이의 심사평은?

#설날

조상님도 깜짝 놀란 예서네 차례상 차리는 법 대공개!

설날에는 지켜야 할 게 왜 이렇게 많은 거야! 혼란한 예서네…, 할머니의 결단은?!

: #버려진 인형 :

예서를 향한 수지의 선물 폭격!
그런데 인형들이 쓰레기통에 버려졌다?!

민준은 놀라는 예서와 수지를 보고
안절부절못하는데….

과연 예서의 인형을 버린 범인은 누구?!
5권을 기대해 주세요!

1판 1쇄 인쇄 2024년 10월 17일
1판 1쇄 발행 2024년 11월 06일

원작 옐언니
글 안도감 **그림** 라임스튜디오
감수 샌드박스네트워크
펴낸이 김영곤

프로젝트4팀장 김미희 **기획개발** 신세빈 김시은 정윤경
디자인 박숙희 **교정교열** 이종미
아동마케팅팀 장철용 황혜선 양슬기 명인수 손용우 최윤아 송혜수 이주은
영업팀 변유경 김영남 강경남 황성진 김도연 권채영 전연우 최유성
제작팀 이영민 권경민

출판등록 2000년 5월 6일 제406-2003-061호
주소 (우 10881) 경기도 파주시 회동길 201(문발동)
대표전화 031-955-2100 **팩스** 031-955-2151
홈페이지 www.book21.com

다양한 SNS 채널에서
아울북과 을파소의 더 많은 이야기를 만나세요.

인스타그램 @owlbook21

페이스북 @owlbook21

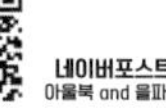
네이버카페 owlbook21

네이버포스트 아울북 and 을파소

ISBN 979-11-7117-348-8 74810
ISBN 979-11-7117-344-0 74810 (세트)

• 제조사명: ㈜북이십일
• 주소 및 전화번호: 경기도 파주시 회동길 201(문발동) / 031-955-2100
• 제조연월: 2024.11
• 제조국명: 대한민국
• 사용연령: 3세 이상 어린이 제품